H. P. LOVECRAFT'S
THE HAUNTER OF THE DARK
Adaptation and Art Works
by TANABE Gou

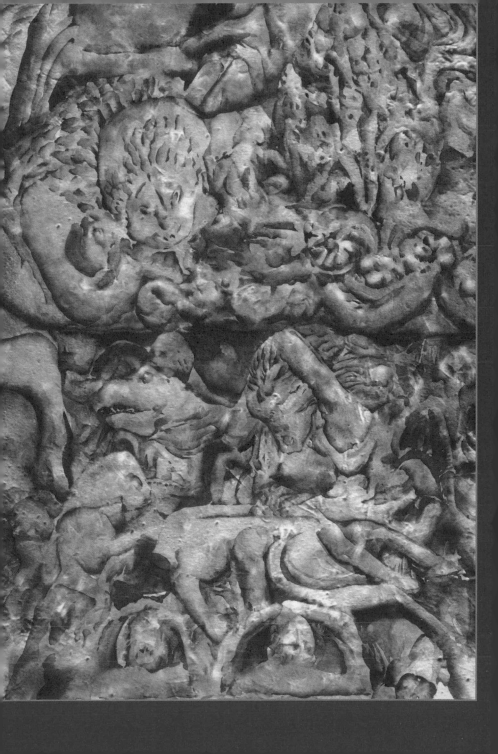

I have seen the dark universe yawning
Where the black planets roll without aim —
Where they roll in their horror unheeded,
Without knowledge or lustre or name.

—— Nemesis

我曾看見黑暗的宇宙張開了虛無大口，
無數漆黑星球漫無目標地飄蕩於其中，
它們並沒有察覺瀰漫其間的可怕氛圍。
沒有智慧，沒有光明，甚至沒有名字。

涅墨西斯
（Nemesis，希臘神話中的報應女神）

洛 夫 克 拉 夫 特

（Howard Phillips Lovecraft）

的作品中經常提及的虛構魔法書

《死靈之書》（Necronomicon），如今已成為

「出自惡魔之手的書籍」的代名詞，

在各種小說、電影、漫畫及

遊戲中受到無數次引用。

黑暗爬行者

洛 夫 克 拉 夫 特 傑 作 集

田 邊 剛

contents

黑暗爬行者
THE HAUNTER OF THE DARK

These graphic novels are
based on stories by
Howard Phillips "H. P." Lovecraft

達 貢

DAGON

H. P. LOVECRAFT'S

"DAGON"

Written in 1917

First published in 1919 in The Vagrant

一艘貨船在太平洋上遭德國軍艦虜獲，我是船上的搬貨工頭。

當時還是大戰初期，德國海軍對俘虜的處置還算寬大，基本上依循國際法的規定。

五天後，我成功駕著一艘小船獨自逃走，

而且船上載滿了充足的食物及飲水。

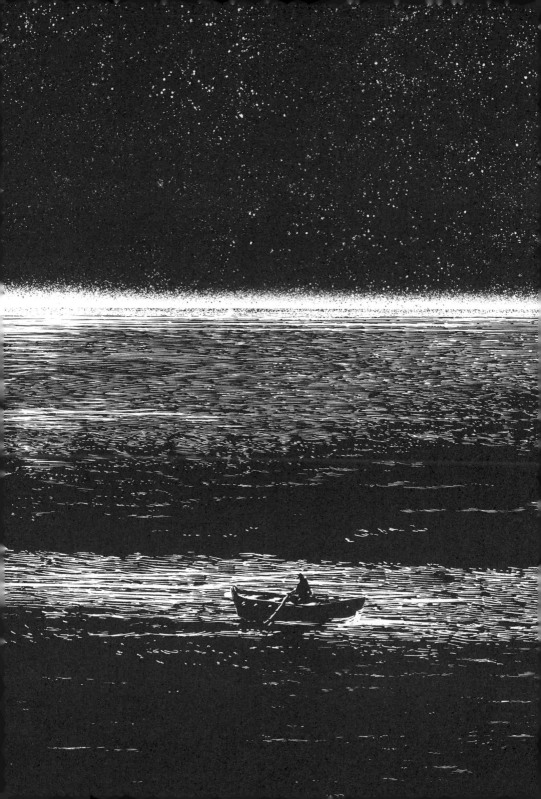

然而漂流了數天後，我已迷失了方向。

我不是水手，缺乏航海的知識與經驗。

我不知道自己在哪裡，也不知道船正往哪個方向漂流。

四面八方全是延伸到水平線的藍色大海。

放眼望去，看不見任何小島或海岸線。

當然也沒有任何航行中的船影。

我只能從太陽和星星的位置，大致判斷現在的地點應該鄰近赤道，微微偏向南方。

我感到孤獨與絕望，連計算日子的力氣也沒有了。

但是就在某天晚上，發生了一件事……

我沒有辦法詳細說明那件事的來龍去脈……因為當發生那件事的時候，我正作著一個漫長的噩夢。

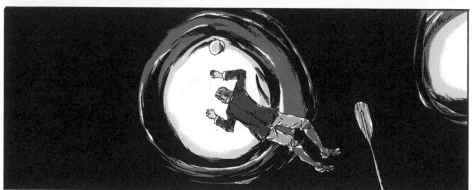

等我醒來的時候，我發現自己倒臥在黏稠的泥淖之中。

我的小船就擱淺在我的身邊。

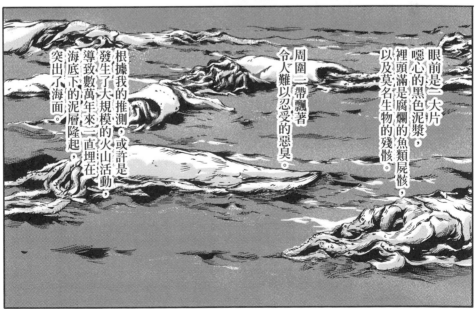

眼前是一大片噁心的黑色泥漿，裡頭滿是腐爛的魚類屍骸，以及莫名生物的殘骸。

周圍一帶飄著令人難以忍受的惡臭。

根據我的推測，或許是發生了大規模的火山活動，導致數萬年來一直埋在海底下的泥層隆起，突出了海面。

眼前只看得見廣大的黑色污泥，在海上漂流時隨時可以聽見的海濤聲也聽不見了。那就像是一片受到詛咒的大地，有的只是一片死寂。

我帶著殘存的飲水及食物，徒步走在這片黑色大地上，一心只想尋回消失的大海，設法尋求救援。

太陽毫不留情地照射在我的身上，奪走我的體力。

在荒涼的景色中，我看見了一座特別高聳的山丘。

我心裡想著，如果能夠爬到山丘的頂端，至少能夠確認遠方的狀況。

地面的泥濘逐漸乾硬，變得好走得多。

我明白自己沒有辦法在豔陽之下攀登那座山丘，只好在山丘底下等待太陽下山。

但是走了許久之後……我才發現那座山丘的高度遠超越我的想像。

24

呼呼……

快要到丘頂了……

終於到了……

如此壯觀的峽谷……這片陸地到底有多麼廣大？

斷崖處有泉水流出來……看來谷底應該有座湖泊……

那是什麼……？

那東西
在月光下散發著
白色光輝……

我不認為那詭異的石柱，
是因大自然的力量
而變成那個形狀，
出現在那個地方。

表面刻滿了浮雕……

一片自上古時代就埋在海底的陸地，怎麼會有這種東西？

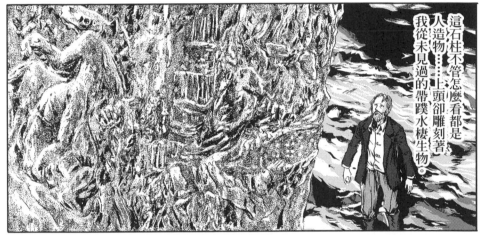

這石柱不管怎麼看都是人造物……上頭卻雕刻著我從未見過的帶蹼水棲生物。

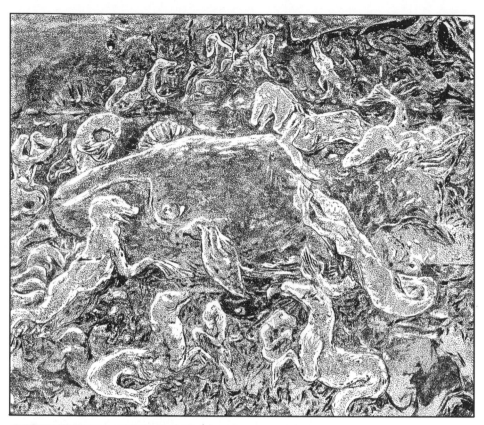

牠們懂得集體
狩獵鯨魚，
顯然是一種有
智慧的生物。

但跟鯨魚相比較，
牠們的身體明顯比
人類大得多⋯⋯
難道是一種神話中
的想像生物？

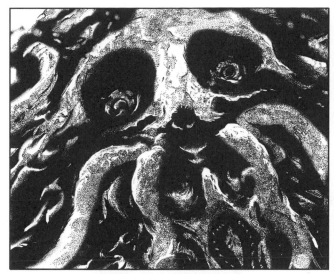

石柱的頂端
刻著貌似章魚
的雕像……

宛如
君臨一切的
萬物之神……

!?

這到底是什麼……？

到底是什麼樣的民族，
基於什麼樣的信仰，
雕刻了這座石柱？

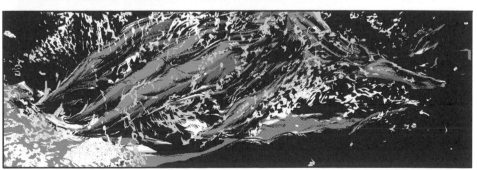

在那片受到詛咒的土地上，當我聽見了牠的咆哮，當我目擊了牠的視線，我開始懷疑自己的腦袋已經不正常了。

後來發生了什麼事我已經記不太清楚。

我只知道我拚了命奔回小船邊，小船不知為何竟又浮在海面上。

呼　呼

我感覺到了強勁的暴風，我聽見了彷彿永無止境的可怕雷鳴……

太好了，你終於醒了！你已經昏迷了四個月！

……這裡是……？

這裡是舊金山醫院！

你在海上漂流，被一艘美國籍的船救起！

當船長把你送到這裡來的時候，你看起來非常虛弱，現在你終於康復了……

40

後來我詢問了那個船長，他對於我所看見的那片陸地一無所知。

我查了一些文獻，得知古代非利士人的傳說裡有種名為「達貢」的魚神，我還為此拜訪了一位學者……

但是到頭來沒有人相信我的遭遇是真的……

每天晚上我都會感到相當不安，只好靠注射嗎啡來逃避恐懼……

花光了所有的錢，早已成癮的嗎啡也打完之後，我再也無法忍受……

我擔心那些徘徊於深海之中，崇拜著詭異石碑的傢伙會找上我……

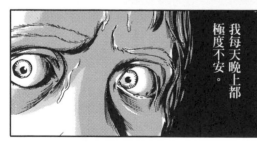

我每天晚上都極度不安。

我擔心全人類都會成為那些醜陋生物的食物……

我擔心全世界的陸地都會沉入海底……

對了，乾脆從那扇閣樓窗戶跳下去吧……

尤其是當月亮閃爍著詭異光輝的時候，我總是感覺牠們就在我的身邊。

這麼一來，我就能夠擺脫一切的痛苦，為這一切畫下句點⋯⋯

我似乎聽見有某種濕滑的東西，正在敲打著閣樓房間的門板

但我有自信不被牠們抓到，因為我已決定結束自己的生命⋯⋯

啊啊，神啊⋯⋯為何要如此捉弄我⋯⋯

窗外⋯⋯！窗外⋯⋯！窗外⋯⋯！

黑暗爬行者

THE HAUNTER OF THE DARK

H. P. LOVECRAFT'S
"THE HAUNTER OF THE DARK"
Written in 1935
Published in the December 1936 in Weird Tales

第 1 章

漆 黑 之 塔

The Black Tower

一九三五年八月九日，羅伯特‧布雷克被人發現陳屍在某屋內。

由於那房間的門從內側上了鎖，大家都認為肯定是昨晚的暴風雨，導致二道閃電打在身上，奪走了他的性命。

但他的屍體包含著許多令人費解的疑點。

舉例來說，他是坐在書桌前斷氣的，而書桌就放置在窗邊。

那扇位在他正前方的窗戶，玻璃沒有絲毫破損。

至於他以潦草的筆跡，寫下的那些日記，大家都認為那只是他編造出來的故事。

因為布雷克本來就是一個擅長創作怪誕作品的作家。

美國普洛威頓斯市。

我的名字是羅伯特·布雷克。

我是一名作家兼畫家，擅長以神話、夢想及神祕現象為題材，創作出令人感到恐懼的奇異作品。

一九三四年，我將普洛威頓斯市學院路盡頭臺地上的一棟老屋三樓租了下來，將這裡當作住處兼工作室。

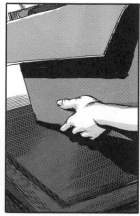

這一帶依然充分保留著上個世紀的氛圍，很適合用來當作我創作活動的據點。

從工作室的窗戶，可以遠眺低窪地區櫛比鱗次的房屋，以及遠方地平線上如肉瘤般隆起的費德羅高地。

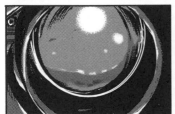

對於我這種想要過隱居生活的人來說，這裡的環境相當理想。

不管是作畫還是寫作，在這裡應該都能充分發揮……

果然一如
我的預期⋯⋯

自從搬到這裡之後、
我寫的五篇短篇小說、
都獲得相當高的評價。

若加上我畫到一半的這幅畫、
我在這裡已經完成七幅畫作。

在我的創作生涯當中、
我認為這是一段最充實的時光。

52

每天傍晚，當工作告一段落，我總是會從窗戶遠眺外頭的街景。

我會仔細觀察每一座屋頂和煙囪。

想像那一棟棟的屋子裡，隱藏著什麼樣令人恐懼又驚奇不已的祕密。

即使入夜之後，那教堂的窗戶從來不曾透出亮光，因此我推測那是一棟早已廢棄的教堂。

尤其是在費德羅高地上特別顯眼的那棟黑色教堂⋯⋯

那銳利的黑影，深深吸引了我的目光。

我調查了費德羅高地的歷史。雖然那裡居住的大多是義大利移民者。但早在那些人入居之前，許多建築早已存在。

建造那些屋舍的人，是移民潮初期的美國人及愛爾蘭人。

從那教堂的舊式建築風格來看，興建的年代應該是在一八一○年至二八二五年之間。

我一直在撰寫一篇小說，內容是有關一些流傳在緬因州的巫術⋯⋯

但不知道為什麼，始終寫得很不順利。

那座教堂在我的腦海裡揮之不去⋯⋯我相信那裡一定藏有什麼祕密⋯⋯

那裡給人一種與世隔絕的奇妙感覺，就連飛鳥也彷彿不敢靠近那一帶⋯⋯

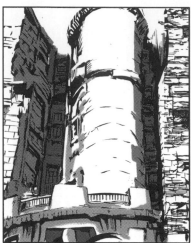

四月底的某一天，
我下定了決心，
走向位於高地上的古老社區。

既然那棟教堂在我的心中占有
這麼重的分量，我身為一名作家
有義務要調查清楚。

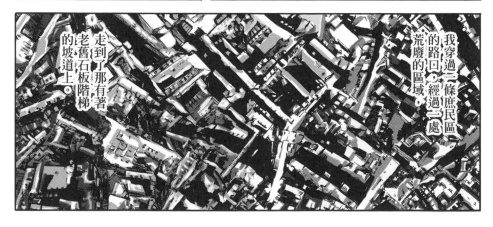

我穿過二條庶民區
的路口，經過二處
荒廢的區域，

走到了那有著
老舊石板階梯
的坡道上。

我感覺到那裡瀰漫奇妙的氛圍。

費德羅高地上的建築物都呈現老舊的灰褐色。

大多數居民的膚色都偏黑。

那座尖塔⋯⋯

正是我透過工作室窗戶看見的教堂尖塔⋯⋯

接著我發現了一個奇妙的現象，不管我怎麼走，就是無法走到那棟漆黑教堂的門口。

我愈來愈感到不安，甚至懷疑自己正在作夢。

我不知道你在說什麼……

……教堂？

西北方坡頂的教堂？

抱歉，打擾了……請問我要如何前往……

……………

你是郵差，一定知道怎麼走吧？

我想到西北方山坡上那座黑色教堂，

郵差先生，抱歉打擾！

……不，我不知道……

你一個外來者，不應該去那種地方。

那左手的奇妙動作，有著什麼樣的意義？

那黑色的龐然大物，突然出現在我面前。

絕對沒有錯，這就是我從工作室窗戶看見的那座教堂……

毀損相當嚴重……應該荒廢很久了吧。

窗框和周圍的石材大多有著明顯缺損。

窗戶玻璃卻都保持得相當完整。

像這樣的荒廢教堂，玻璃竟然沒有被頑童打破，簡直不可思議……

絕對不要有這種想法。

警察先生，我想進這座教堂，該聯絡誰好呢？

……進去？你想

我叫布洛克，是一個剛搬到學院路的藝術家。

這座教堂的氣氛很適合當作我的題材。

鎮上的人絕對不會跟你聊這裡的事。

傳說及神話是我作品的重要主題。

所以我很想知道這座教堂的歷史……就算包含很多迷信也沒關係，我想要一一查個清楚。

曾經棲息著許多邪惡的東西，如今依然殘存著一些痕跡。

這座教堂

有個道德淪喪的教派，在這裡召喚出了深淵中的邪惡之物……所幸後來被奧瑪里神父驅逐。

聽說那邪惡之物很怕光……神父正是運用了光明的力量。如果神父還活著，或許你能從他口中問出一些事情。

聽說那邪惡之物如今依然潛藏在這教會裡……當初操控它的那些人不是死了，就是離開了。

由於這教堂沒有繼承人，遲早會被市政府接收……在市政府作出處置之前，大家還是別靠近比較好。

……………………

要是讓那個沉睡在黑暗中的東西醒來，那可就不妙了。

所以我勸你還是打消念頭吧。

都已經三千世紀了。
還這麼迷信……

每一扇門都
從外面上了
鎖……

太好了，這裡的
欄杆壞了，可以
從這裡進去。

啪！

到底是什麼讓他們怕成這樣？

街上的人竟然全都消失了……

這是怎麼回事……？

這裡原本是墓園嗎？

建築物的正面有三扇門……

但看起來這墓園也荒廢很久了。

所有的門都上了鎖。推也推不動。

地上
積滿了
灰塵⋯⋯

從這裡可以進入
教堂內。

這是⋯⋯
地下室的窗戶？

裡頭還維持著維多利亞
時代中期的風格⋯⋯

果然這是一座
相當古老的教堂，
而且荒廢了
非常漫長的歲月。

通往樓上的階梯……

教堂內保留著非常多古代的裝潢風格。

那是聖人畫像嗎？從來沒看過類似的場景。

祭壇上那個東西，看起來有點像生命之符※。

※生命之符（Ankh、crux ansata）：古埃及常見的十字架標誌。

咦？書架上那個是……

那本書的封面，
難道是以人皮作爲裝飾？

教堂裡怎麼會有這麼
可怕的東西？

……這本書……莫非是
《死靈之書》的拉丁文版？

這書架上還有不少珍貴的典籍，
以後有機會再來拿吧。

這些暗號使用的是煉金術及
占星術的特殊符號……
只要花一點時間，
應該能夠解開。

這看起來像是
手寫的暗號。

裡頭夾著
紙片……

這應該就是通往黑色尖塔的階梯吧……

塔頂應該是鐘樓吧……不曉得這教堂使用的是什麼樣的鐘？

好多灰塵……還有一股異臭……

不是
鐘樓……

這空間到底是
什麼用途……？

正中央有座圓柱。
上頭放著一個盒子……

裡面有東西。

盒子裡那東西
似乎是水晶……
或是某種經過
打磨的礦物……

第 2 章

祕　石

A Hidden Gem

那是種黑色的結晶體，四處散發著紅色光芒……

……咦？

那結晶體讓我愈看愈納悶，我從來沒有見過那樣的物質……

放置結晶體的盒子上頭有浮雕，但我看不出那雕刻是什麼，似乎是某種生物……

81　　黑暗爬行者

但是這幻覺實在太清晰了……

這是怎麼回事？難道我看見了幻覺？幻覺？

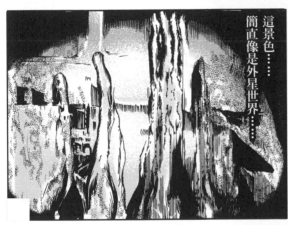

這景色……簡直像是外星世界……

或許我所看見的幻覺，也與這詭異的氣氛有關。

而且我一直覺得這裡氣氛不太對勁……

我甚至可以看見那裡頭有外星人。

牆面被人鑿出許多孔洞，形成通往塔頂的階梯……

這是……？

男人的遺骨……
看來已經在這裡
擱置了很久……

臂章上寫著
「普洛威頓斯電訊報」……

看來他生前是個新聞記者……

身上有一本
筆記本……

一八九三年……

這男人名叫埃德溫‧
利利布里奇

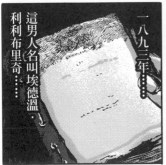

「一八四四年五月，以考古學及神祕學著作而聞名於世的鮑恩教授自埃及返國。七月，教授收購了『弗利威爾教堂』。」

「一八四四年十二月二十九日，第四浸信會的德拉溫博士出面批評『星智教』（Church of Starry Wisdom），並對居民提出警告。」

「一八四六年，三人失蹤，首次提及閃耀的偏方三八面體。」

「一八四八年，七人失蹤，據說開始以血獻祭。」

「一八五二年的調查失敗，出現一些與聲音有關的傳聞。」

「奧瑪里神父提及了一個在埃及廢墟中發現的盒子，以及相關的邪教崇拜信仰。他聲稱邪教信徒召喚了『一種見不得光的東西』。這些論述多半是來自於四九年加入『星智教』的佛朗西斯‧費尼臨死前的遺言吧。邪教信徒們聲稱『閃耀的偏方三八面體』能讓他們看見天堂及其他世界，而『黑暗爬行者』則會傾訴一些祕密。」

「一八五七年，奧林‧泰迪的筆記。他們以凝視水晶的方式召喚出

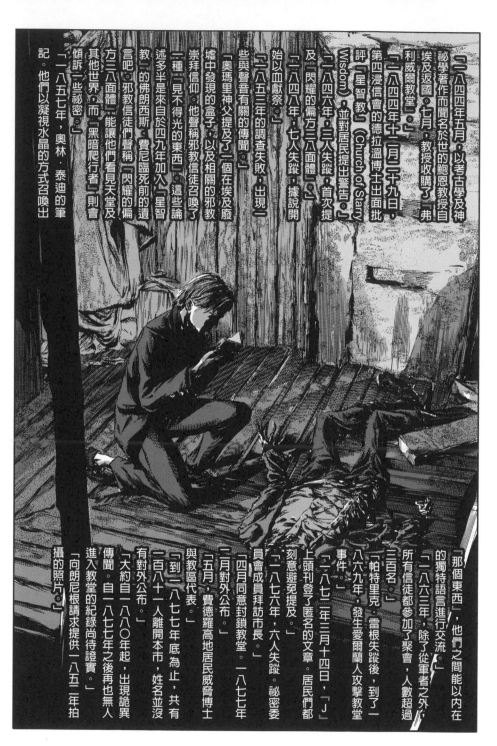

那個東西」，他們之間能以內在的獨特語言進行交流。」

「一八六三年，除了從軍者之外，所有信徒都參加了聚會，人數超過三百名。」

「一八六九年，發生愛爾蘭人攻擊教堂事件。」

「一八七一年三月十四日，『J』上頭刊登了匿名的文章。居民們都刻意避免提及。」

「一八七六年，六人失蹤。祕密委員會成員拜訪市長。」

「四月同意封鎖教堂。一八七七年二月對外公布。」

「五月，費德羅高地居民威脅博士與教區代表。」

「到一八七七年底為止，共有一百八十一人離開本市，姓名並沒有對外公布。」

「大約自一八八○年起，出現詭異傳聞。自一八七七年之後再也無人進入教堂的紀錄尚待證實。」

「向朗尼根請求提供一八五二拍攝的照片。」

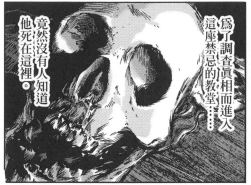

這個男人在四十二年前……

為了調查真相而進入這座禁忌的教堂……

竟然沒有人知道他死在這裡。

他的死因是什麼？心臟病發作嗎？

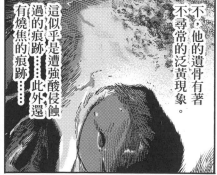

不，他的遺骨有著不尋常的泛黃現象。

這似乎是遭強酸侵蝕過的痕跡……此外還有燒焦的痕跡……

這具遺骨在這四十年之間，到底遇上什麼事？

啊……

又出現
幻影了……

這景象似乎
不是地球……
卻有著一群戴著頭巾、
身穿長袍的人……

這到底是
什麼景象
不……仔細
一看，他們
不是人類……

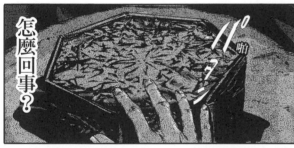

怎麼回事？

我正在受到監視？

我感覺好像有東西注視著我……

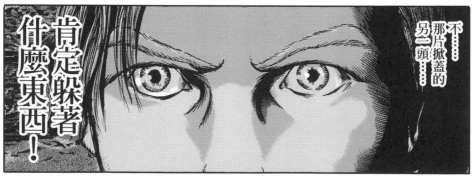

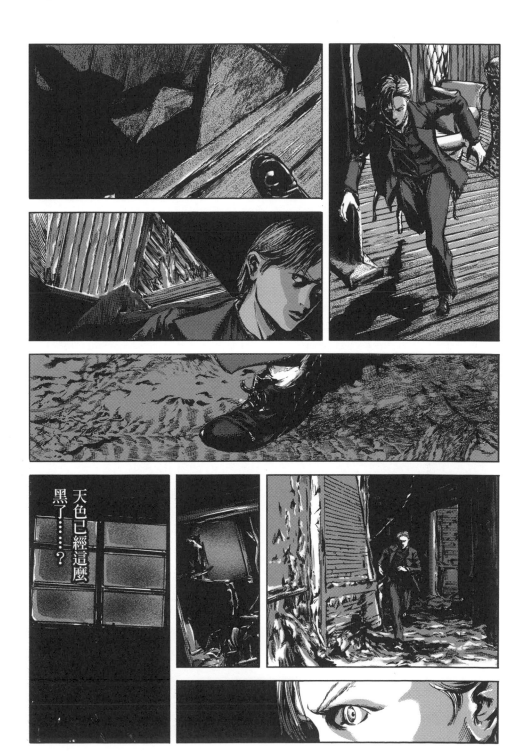

天色已經這麼黑了……？

得趕快
離開這座教堂
才行……

接下來好幾天。
我嘗試想要解開
那張紙片上的暗號。

除此之外，
我還找來了數十年分的報紙
及數本古籍，想要把那座教
堂徹底調查個一清二楚。

解開了暗號。

我嘗試將暗號的內容與
記者利利布里奇所遺留
的筆記內容互相對照。

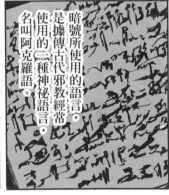

暗號所使用的語言，
是據傳古代邪教經常
使用的一種神祕語言，
名叫阿克羅語。

逐一比對之後，
我發現了驚人的事實。

「閃耀的偏方三八面體」
就像是一扇對所有空間
及時間敞開的窗戶。

在歷經種種超乎想像的事件之後，
這個東西從異世界來到地球，
自古以來肩負著詛咒人類的任務。

只要有人凝視著
「閃耀的偏方三八面體」，
就會將「黑暗爬行者」
召喚至這世上。

那東西擁有一切的智慧。
來自於黑暗的渾沌深淵，
隨時都在渴望獻祭之物。

唯有街燈之類的「光芒」
能夠有效抵禦
其黑暗力量。

費德羅高地自古以來有著
許多詭異的傳說……
自從某神祕人物侵入那
受詛咒的教堂之後……

咦……？
這篇報導……

希望能夠驅逐夢境中的惡魔。

這附近一帶更是蒙上一層恐怖的陰影。

許多居民聲稱晚上會感覺到奇妙的震動，或是詭異的腳步聲。

不安的居民們找上了牧師……

這樣那東西就可以肆無忌憚地幹壞事。

他們聲稱晚上總會有某種東西來到門外，

靜靜地等待著屋內燈光完全消失，

我凝視了「閃耀的偏方三八面體」，難道「黑暗爬行者」已經被我召喚出來了……？

不……不可能……

那尖塔上顯然有什麼東西讓牠們感到恐懼。

成群的候鳥一接近尖塔，就會驚惶飛散⋯⋯

謝謝惠顧。

一份報紙⋯⋯

停電⋯⋯？

那天晚上，發電廠的一起意外事故，讓整個城鎮停電了一個小時。

叮噹

「費德羅高地事件」⋯？

！？

唰

吱吱……

就在那個瞬間，費德羅高地陷入一片漆黑。

居民們陷入瘋狂狀態，
每個人都手持火把，
來到了教堂的柵欄外。

躲藏在教堂裡的那個「東西」
已開始大肆活動……

彷彿在慶祝著
黑暗降臨大地。

咚

咚

咚

「它」破壞了
高塔側面的牆壁
及玻璃……

在沒有一絲光芒的
黑暗空間中，
蹂躪著整個世界。

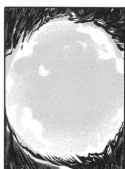

嘎嘎嘎！

就在這個時候，電力恢復供應，街燈都亮了起來。

吱吱……

根據聚集在教堂周圍的多數居民的證詞……

「黑暗爬行者」……

「那個東西」一見到光就倉皇逃走……爬進黑色的尖塔之中。

「費德羅高地事件」有了後續報導……

時代已經進入了二十世紀，居民們的種種說詞卻有如中世紀的瘋狂信徒。

為了確認整起事件的真相，兩名記者經公家單位同意，進入了教堂內部。

他們沒有辦法打開正面的大門

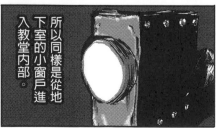

所以同樣是從地下室的小窗戶進入教堂內部。

主堂裡的灰塵上
頭有著相當詭異
的痕跡，此外還
殘留著黃色污點
及焦痕……兩人
聽見頭頂上傳來
一陣陣刮磨聲，
於是登上了灰塵
遭不明物體抹去
的階梯……

在那最頂端的
房間裡……

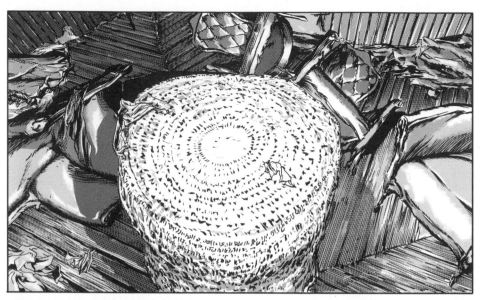

他們看見數張椅子倒在地上？當初我進去的時候，椅子明明整齊圍繞著石柱。

而且報導中只提到了石柱，卻沒有提到裝著結晶體的盒子……

甚至沒有提到那副遺骨⋯⋯

這怎麼可能⋯⋯

他們絕對不可能沒看見⋯⋯

⋯⋯⋯⋯

上頭有什麼？

高塔的玻璃窗都已破損，窗戶的蓋板也搖搖欲墜⋯⋯

但所有的縫隙都被人以椅套及坐墊內的馬毛胡亂塞住了，彷彿想要維持塔內的黑暗，不讓一絲光芒透入。

難道我真的⋯⋯召喚了那個怪物⋯⋯？

「沒有辦法存在光芒之中的東西」⋯⋯

112

你好，這裡是普洛威頓斯電力公司。

千萬不能停電！

什麼意思？請問你有什麼事嗎？

總之千萬不能停電！

無論發生什麼事，都不能讓燈光熄滅……

我們會盡可能維持電力供應，但今晚會下雷雨……

絕對要維持電力正常供應……

就算打雷也一樣！

114

停電了……

好臭的味道……

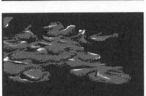

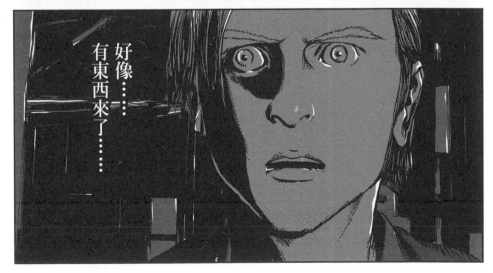

好像……
有東西來了……

有東西來了⋯⋯

第 3 章

來自深淵

Punishument from the Depths

那東西沒辦法存在光芒之中……

一定要有光才行……

要有光……！

但是這麼微弱的燈火，擋得住「黑暗爬行者」嗎？

啊啊……！

來了……！

那個東西是衝著我來的……

我感覺得到……有東西正在黑暗中逐漸靠近……！

闇に這う者

STAMP

嘟……　嘟……

電力……恢復了……

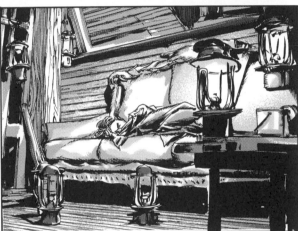

那是⋯⋯⋯一場噩夢⋯⋯⋯

我毫無來由地置身在黑暗之中，只能以摸索的方式慢慢前進……

我聞到一股強烈的惡臭，那氣味幾乎麻痺我的大腦……

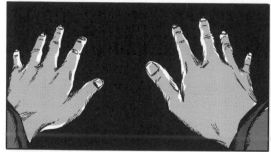

我隱約聽見頭頂上傳來詭異的聲響，那聲音令我不寒而慄。

當我摔倒在地上，
發出了聲響時⋯⋯

每當我往前踏步，
必定會被東西絆倒。

我總是會察覺那
「奇怪的聲音」離我更近了。

那聲音聽起來像是
木材與木材互相摩擦，
讓我感到相當不舒服⋯⋯

驀然間，
我感覺到一股熱風，
幾乎將我撕裂。

在那永無止境的深淵裡，盤繞著比黑暗更加漆黑的恆星及行星。

這讓我回想起了關於「極限混沌」的古老傳說。

在那核心處潛藏著盲目而痴愚之神……

阿撒托斯……又被稱作「萬物之主」……

就在那個時候⋯⋯

來自於幻覺之外⋯⋯也就是現實世界的聲音⋯⋯驅散了我的惡夢

費德羅高地的居民們放起了煙火，用來讚美各自的守護神，以及在故鄉義大利受到尊崇的聖人們。

我這才發現自己置身在什麼樣的地方……

我在布滿了蜘蛛網與塵埃的黑暗中不斷拔腿狂奔。

強烈的恐懼令我全身打顫，但我還是拚命逃走，想要逃離這座受詛咒的教堂。

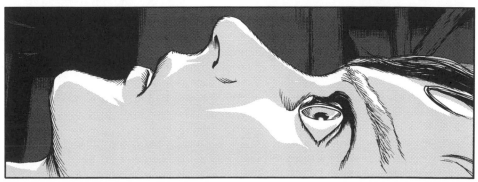

隔天清晨，當我醒來的時候……

我發現自己穿著外出的服裝，躺在地板上。

雙手及雙腳傷痕累累，到處疼痛不已。

身上到處是灰塵與蜘蛛絲。

我已經無法分辨，哪些部分是夢境，哪些部分是現實了……

我感覺頭頂不太舒服，一照鏡子，頭髮竟然燒焦了一小部分。

而且此時我才察覺……

我的上衣散發著一絲令我感到不安的惡臭。

我的精神狀態，
愈來愈糟糕……

我害怕天黑及雷鳴，
一整天只能看著
西側的窗戶發呆……

我已經一個星期沒有外出了⋯⋯

食物都是打電話叫人送來，而且我幾乎沒有什麼食欲⋯⋯

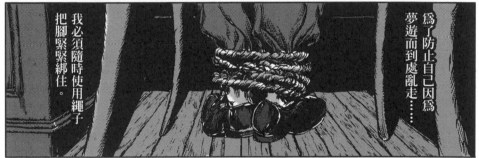

為了防止自己因為夢遊而到處亂走⋯⋯

我必須隨時使用繩子把腳緊緊綁住。

「那個東西」很清楚我躲在哪裡⋯⋯

我感覺得到「它」的呼喚⋯⋯

我必須隨時點著燈光⋯⋯

八月八日深夜⋯⋯
忽然下起了
暴風雨⋯⋯

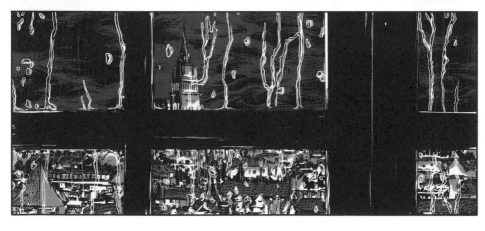

143　黑暗爬行者

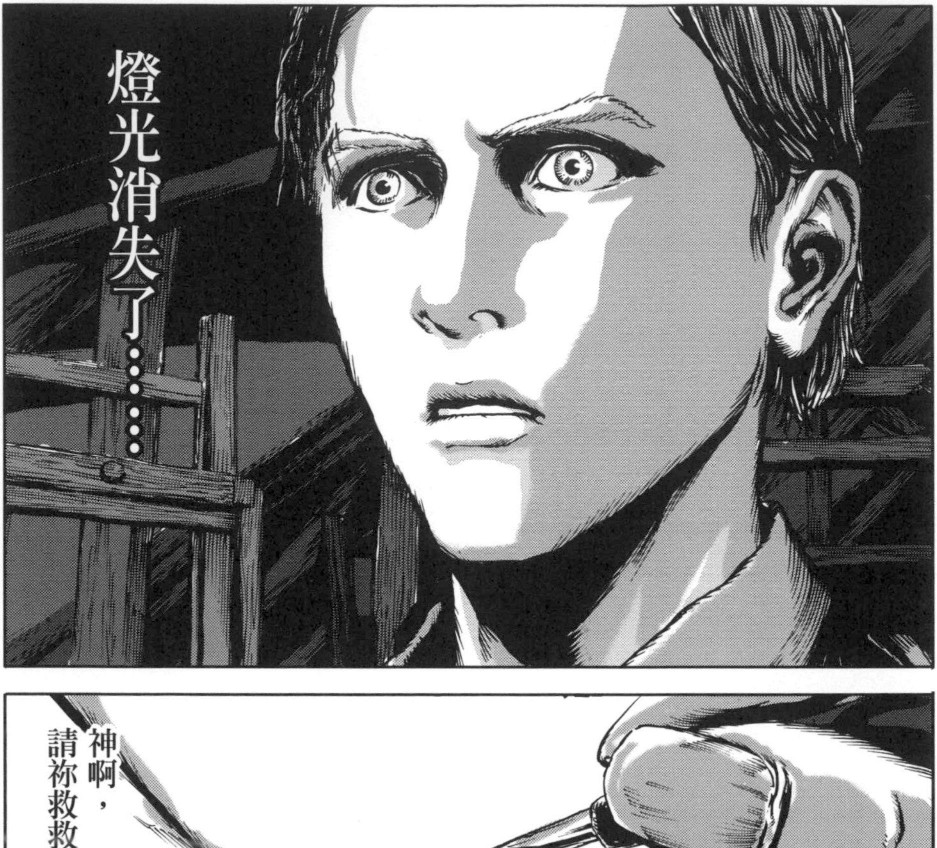
燈光消失了……
神啊，請祢救救我！
根據發電廠的紀錄，
停電時間為凌晨兩點十二分。

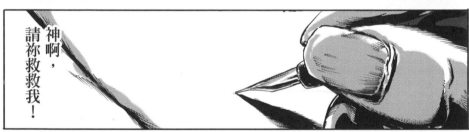

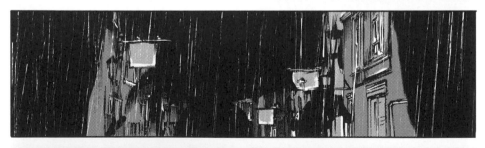

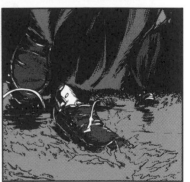

燈還是沒亮，已經過了五分鐘，閃電成了唯一的救星……但願亞狄斯能夠讓閃電一直維持下去……

啊啊，我感覺到好幾股力量穿過了閃電，正在朝我撲來，那個東西想要奪走我的心臟。

我看得見原本不應該看
見的景象……在那遙遠
外宇宙的銀河……是如
此漆黑，光明就像黑
暗，黑暗就像光明。

我所害怕的到底是什麼？
那是黑暗之神奈亞拉托提普嗎？
釋放著黑暗的行星，
永無止境的虛空……在「閃耀的
偏方三八面體」的引導下，
我將前往閃爍著磷光的地獄……？

我的名字是羅伯特・哈里遜・布雷克……

我在威斯康辛州的密爾瓦基……

我在這個地球上……

閃電已不再出現……

好可怕……

如今的我跨越了五感，

——正以三種神奇的感官，

注視著一切……

我看見了聚集在高地

上的人群：夜晚的

警衛……蠟燭與護身

符……二群牧師……

距離感消失了……沒有一絲一毫

的光明……我看見了窗戶……

我看見了尖塔……我聽見了！

我的精神已經開始錯亂……

「那個東西」在尖塔裡頭

蠢蠢欲動……我就是它，

它就是我……我必須與

那股「力量」合而為一

……

150

「那個東西」很清楚我在哪裡……我聞到了可怕的惡臭……我的感覺愈來愈不對勁……高塔上的窗戶蓋板裂開了，隨時可能掉落……

「ià……gai……ygg……」我看見了……往這裡過來了……來自地獄的風……模糊的巨人……黑色的翅膀……

偉大的邪神猶格．索托斯救我……

那個人……早上我上學的時候，他就坐在那裡了……

我猜想他或許是身體不舒服……

從早上就維持那個姿勢？

沒錯，他一直是那個樣子。

我去找警長！

THE END

希望有一天，我能夠從頭描繪《達貢》及《黑暗爬行者》這兩個故事。

就像是描繪聖家堂的建築師（…？）。

請容我在此向洛夫克拉夫特，以及愛好洛夫克拉夫特的讀者表達最大的敬意、僭越與感謝。

以一介洛夫克拉夫特粉絲的身分，以一介生活者的身分。

謝謝你閱讀本書。

田邊剛　二〇一六年　三月

初　出

月刊コミックビーム2016年2月号〜4月号

H.P.洛夫克拉夫特
Howard Phillips Lovecraft

1890年出生於美國羅德島州。經常在專門刊登怪誕小說的通俗廉價雜誌《詭麗幻譚》（*Weird Tales*）上發表作品，但生前一直懷才不遇，唯一獲得出版的單行本作品只有1936年的《印斯茅斯之影》（*The Shadow over Innsmouth*）。到了隔年的1937年，洛夫克拉夫特就在一貧如洗的生活中病逝，得年46歲。洛夫克拉夫特過世後，他的弟子兼好友的奧古斯特・德雷斯（August Derleth）將他在諸作品中創造的「克蘇魯神話（Cthulhu Mythos）」建立了完整的體系。這種「宇宙恐怖（cosmic horror）」的風格，對後世的驚悚作家造成了莫大的影響。即使到了現代，洛夫克拉夫特的作品依然擁有狂熱愛好者，衍生出的作品涵蓋電影、漫畫、動畫及電玩，在全世界掀起的熱潮一直沒有消退。

田邊剛
Tanabe Gou

1975年出生於東京。2001年以《砂吉》榮獲Afternoon四季賞評審特別獎（評審：川口開治），2002年以《二十六個男人和一個少女》（馬克西姆・高爾基原著）榮獲第四屆ENTERBRAIN entame大賞佳作。其他作品有《saudade》（狩撫麻礼原著）、《累》（改編自三遊亭圓朝《真景累淵》、由武田裕明負責大綱設定）、《Mr.NOBODY》等。2004年將洛夫克拉夫特的《異鄉人》（*The Outsider*）改編為漫畫之後，便積極挑戰洛夫克拉夫特的作品，獲得相當高的評價。

NAZOMAN 30

黑暗爬行者

原著書名／闇に這う者　ラヴクラフト傑作集
改編作畫／田邊剛　　　　　　　原　作　者／H.P.洛夫克拉夫特
翻　　譯／李彥樺　　　　　　　原出版社／KADOKAWA CORPORATION
責任編輯／詹凱婷　　　　　　　編輯總監／劉麗真
國際版權／吳玲緯、楊靜　　　　行　　銷／徐慧芬
業　　務／李再星、李振東、林佩瑜

事業群總經理／詹宏志
發 行 人／何飛鵬
出 版 社／獨步文化
　　　　　台北市南港區昆陽街16號4樓
　　　　　電話：886-2-25007696　傳真：886-2-2500-1951
發　　行／英屬蓋曼群島商家庭傳媒股份有限公司城邦分公司
　　　　　台北市南港區昆陽街16號8樓
　　　　　客服專線：02-25007718；25007719
　　　　　24小時傳真專線：02-25001990；25001991
　　　　　服務時間：週一至週五上午09:30-12:00；下午13:30-17:00
　　　　　劃撥帳號：19863813　戶名：書虫股份有限公司
　　　　　讀者服務信箱：service@readingclub.com.tw
　　　　　城邦網址：http://www.cite.com.tw
香港發行所／城邦（香港）出版集團有限公司
　　　　　香港九龍土瓜灣土瓜灣道86號順聯工業大廈6樓A室
　　　　　電話：(852)25086231　傳真：(852)25789337
　　　　　E-MAIL：hkcite@biznetvigator.com
馬新發行所／城邦（馬新）出版集團
　　　　　Cite（M）Sdn. Bhd.（458372U）
　　　　　41, Jalan Radin Anum, Bandar Baru Seri Petaling,
　　　　　57000 Kuala Lumpur, Malaysia.
　　　　　電話：+6(03)-90563833　傳真：+6(03)-90576622
　　　　　E-MAIL: services@cite.my

封面設計／馮議徹
印　　刷／中原造像股份有限公司
排　　版／陳瑜安
□2024年6月初版
售價360元

YAMI NI HAU MONO LOVECRAFT KESSAKUSHU
© Tanabe Gou 2016
First published in Japan in 2016 by KADOKAWA CORPORATION, Tokyo.
Complex Chinese translation rights arranged with KADOKAWA CORPORATION,
Tokyo through AMANN CO., LTD., Taipei.
Traditional Chinese translation copyright © by 2024 Apex Press, a division of Cite
Publishing Ltd. All rights reserved.

ISBN：9786267415443（紙本書）
　　　9786267415368（EPUB）

譯者：李彥樺，1978年生。
日本關西大學文學博士。從事
翻譯工作多年，譯作涵蓋文
學、財經、實用叢書、旅遊手
冊、輕小說、漫畫等各領域。
li.yanhua0211@gmail.com